eletrocardiodrama

2ª edição | São Paulo, 2018

eletrocardiodrama

GERMANA ZANETTINI

LARANJA ● ORIGINAL

Emergência

Quem faz um poema abre uma janela.
Respira, tu, que estás numa cela
abafada,
esse ar que entra por ela.
Por isso é que os poemas têm ritmo
– para que possas profundamente respirar.
Quem faz um poema salva um afogado.

MARIO QUINTANA

SUMÁRIO

As letras miúdas do contrato

Há poucos anos, ao ler os primeiros poemas de Germana Zanettini – os primeiros de toda a sua vida, já que iniciou a escrever poesia moça feita – percebi logo que tínhamos poeta. Alguns estão aqui, como *Ao Lauro do telemarketing* e *Se eu ainda soubesse o seu CEP de cor*. Diga-se que a então desconhecida aspirante classificou um projeto de livro, base do que você tem em mãos, entre os cinco finalistas de poesia no Prêmio Açorianos de Literatura, um dos mais importantes do Rio Grande do Sul.

Assim, Eletrocardiodrama, primeiro livro individual de Germana Zanettini, nasce para o público com história e período de maturação, ao buscar o pulso de uma época. A desenvolta abordagem dos temas, aliada à crítica pelo humor, à profusão de recursos sonoros e à irrupção do inusitado – através do que vamos chamar, sem medo da redundância, de sacada inteligente – angariam imediata empatia, da qual é testemunha a consagradora repercussão dos poemas de Germana nas redes sociais.

A referida sacada dá ganhos de estilo e qualidade à obra, basta ler o poema inteiro atento a trechos como "viver/ é só para/ principiantes" (*Leme*), "pratica/ saltos/ ornamentais" (*Eletrocardiodrama*), "o amor/ é touchscreen" (*Não tire teus dedos*), "vingativa,/ eu invado/ o teu lado/ do colchão" (*Olho por olho*), "pra garantir/ que eu volte/ sempre// de alma lavada" (*No meu fundo de poço*), "adquira-a/ agora mesmo/ em apenas/ dez vezes/ sem juros/ no cartão" (*As mulheres da televisão*). A força dessa poética reside precisamente na sua conexão com as relações humanas reais, sendo que a unidade de sentido tende a ser a estrofe ou o poema inteiro, não o verso tomado isoladamente, muitos de uma só palavra.

Vejamos em detalhe um poema que se multiplicou na internet e virou cartaz de poste fora do controle da autora, *Oito de março*: "uma vez por ano/ um homem/ apanha flores// a cada cinco minutos/ uma mulher/ apanha". Se o duplo sentido do verbo apanhar, marcado pela potência sonora do /p/, é o que imprime força a esse poema repleto de sons nasais, tal se dá porque a crítica se dirige não apenas à violência contra a mulher, mas também ao embuste do problema.

Se qualquer poesia terá alguma relação com o mundo, esta oscila do involuntário apagamento à revelação de suas contradições. A poesia de Germana, nesse âmbito, busca o melhor modo de interferir, não o evitamento do real, sendo a um só tempo lírica, contundente, lúdica e humorada, sua inolvidável conquista.

Ainda que os sons das palavras surjam na leitura silenciosa, trata-se de poesia composta para ser ouvida em voz alta. Se rimas, aliterações ("tecia/ o tempo/ nas contas/ do terço"), assonâncias ("o corpo,/ horto/ do sonho") se fazem ouvir, também há paranomásias ("sentir os pormenores/ dos pronomes" e raso-rasgo, nuca-nunca, rimas-rímeis, habitei-habituei, mercê-merecê-las, lábios-lábia, conto-contas) e uma notação bem característica, constituída o mais das vezes por um monossílabo que sai de ou se insere em palavra de maior extensão (felicidade fel, balbucio-cio, pó-pólen, poro-evaporo, céu-escarcéu, véu-véspera). Isto, no entanto, seria pouco se não contribuísse para aquela sacada inteligente que dá o tom dos poemas. Em *Através de meus lábios*, essa poética é delineada: "quero a escrita lasciva/ ser seiva pra saliva/ almejo a palavra viva/ dita em voz alta/ no lampejo da língua", para "te fazer refém/ de um verso/ que te deixe/ mudo".

Além do relativo ao som, há belos versos imagéticos: "você podia ter chegado/ quando eu era chuva/ e o sopro frio do outono soerguia/ a relva das terras da minha nuca" (*Você bem que podia*) e "nas mãos,/ um cansaço de âncoras" (*Réquiem*).

O leitor permita uma pequena enumeração de portentos: a extraordinária surpresa possibilitada pelos finais de *Miragem* e *Se eu ainda soubesse o seu CEP de cor*; a desmontagem de uma situação chatíssima com leveza e comicidade, "não me fale sobre os juros, não quero saber sobre juros/ eu quero as juras, lauro, apenas as juras de amor!", em *Ao Lauro do telemarketing*; a tomada de distância para ver melhor em *Leia antes de usar*, *Leme* e *Direito de resposta*; a crítica ao atraso masculino em *Frete*, *Isto não é um poema de amor*, *Parei de inflar teu ego*, *Corte*, e ao atraso inculcado no público feminino em *As mulheres da televisão*, mais o poema que engloba as duas proposições anteriores, o citado *Miragem*; o quase inexcedível poema de amor em prosa, *Afluente*; a audácia do número percentual que inicia *Dos naufrágios do amor*; o desenho de um rosário com as letras da palavra d-e-s-a-c-o-n-t-e-c-i-a, em *Vó Dalila*, à milenar maneira árabe, retomada por Apollinaire e Pagu; as cenas de sofreguidão vistas com graça em *No meu fundo de poço* e *Se a queda é iminente*.

Poesia não se explica, mas se lê como quem toca o outro e sente esse toque na própria pele, extraindo das palavras de outrem ou de ninguém em particular algo de significativo. E é da multiplicidade de leitores e leituras que o poema vai ganhando sentido e função social, por vezes além do que imaginou o poeta, sendo essa leitura e discussão contínuas o que mantém a obra viva ante o vasto cemitério das tentativas literárias. Portanto, as letras miúdas do contrato são aquelas que precisam ser lidas, ali costuma estar o que se pretendeu esconder e assim se revelará, como é reveladora e desveladora a poesia nua e sem véus de Germana Zanettini.

SIDNEI SCHNEIDER

leia antes de usar

não, aqui não há lugares reservados
[de antemão já lhe adianto:
nem adianta olhar para os lados]

o ambiente não é climatizado
os assentos não são flutuantes
e máscaras de oxigênio
não cairão
sobre suas cabeças

para sua segurança e conveniência
informamos que a vida
não vem equipada
com saídas
de emergência

leme

marinheiros
de primeira
viagem

é apenas de ida
essa passagem
pela vida

por isso,
aviso
aos navegantes:

viver
é só para
principiantes

por una cabeza

nem tanto à terra
nem tanto ao céu

rubro é o gosto
do descompasso
entre felicidade e fel

a vida
(rosa entredentes)
é um tango
de gardel

raso
é o poema
para tão profundo
rasgo
no corpo

da página
ninguém disse
que fácil seria
o buraco é sempre
mais embaixo
— a sete palmos
da tua agonia

o sangue ainda
jorra da velha ferida:
há sempre lava
coagulada
sob crateras adormecidas?

há sempre o sempre
a hibernar perene
nas hipérboles
das retinas?

rasa
é a poesia
para tão incisiva
vida

réquiem

queimei a nau
voltei a nado

nas mãos,
um cansaço de âncoras
e o silente peso
dos fins

declaro este
o último naufrágio

de mim

o exílio dos olhos
eu disfarço

com rimas
e rímeis baratos

sílaba

se balbucio
ainda
a tua língua
é porque restou
em minha boca
um sol um cio
um muito
do teu gosto
num pouco
de saliva

miragem

você diz isso a todas
que lhe mostraram os dentes
pentearam os cabelos
e até mesmo
(e principalmente)
àquelas que despiram
corpo, alma e certezas
na sua frente

você diz isso a todos
e de tanto ouvir sua voz
vê? narciso está morto
afogado e enterrado
em teu perpétuo mar de engodos

você diz isso a todas
plebeias, rainhas
vilãs e mocinhas
e qual delas suporia
que por trás de uma superfície
tão polida e asseada
esconde-se tamanha tirania
e uma maçã envenenada?

você diz isso a todos
e pode bradá-lo aos quatro ventos
mas você jamais poderá

fazer parar o tempo
e tampouco será capaz
de captar o que realmente
trazemos por dentro

— está sempre por um triz
quem confia
naquilo que um espelho diz —

você bem que podia
ter chegado outrora
quando eu ainda colhia
sonhos orvalhados pela aurora

você podia ter chegado
num átimo de desatino
culparíamos os astros
as coisas doidas do destino

você podia ter chegado
quando eu navegava outros oceanos
as bússolas do pacífico
norteavam visionários planos

você podia ter chegado
em uma outra vida
habitaríamos outros mundos
falaríamos outras línguas

você podia ter chegado
quando eu abria aquele vinho
o corpo à luz de velas
o cabelo em desalinho

você podia ter chegado
no tempo de amanhã
arquitetaria o futuro com os dedos
em delicadas minúcias de artesã

você podia ter chegado
quando eu era chuva
e o sopro frio do outono soerguia
a relva das terras da minha nuca

você bem que podia, meu bem
ter chegado
nunca

pessoas
são pele
e osso

[dos pés
ao pescoço]

na cabeça
eterno
alvoroço

fuga

o corpo
absorto
pelo sono

(o corpo,
horto
do sonho)

o corpo:
um só sopro
e se esvai
seu plano

de voo

vó dalila

tecia
o tempo
nas contas
do terço

e o medo
da menina
por entre
os dedos

d
e
s
a
c
o
n
t
e
c
i
a

fábula ao contrário:
chapeuzinho
mudou o itinerário
e no final
papou o lobo mau

estival

das montanhas
dos seios
escorre
para o meio

no ritmo
da respiração
flui na direção
do ventre
e dança
com o vento

flutua
à deriva
na pele de sal

depois
com receio do sol
busca abrigo:

vejo então
uma gota de mar
atracar
em meu umbigo

do inverno
eu só quero
o frio
na barriga

ao lauro do telemarketing

não, eu não quero nenhum cartão
a não ser que você me envie um daqueles antigos
escritos à mão
(já reparou como ninguém manda mais cartão
seja natal, páscoa ou postal?
agora é só e-mail, comentário e post no mural)

lauro, a vida já anda tão gasta
não quero nada que me faça
gastar o que não tenho, obrigada

não me fale sobre os juros, não quero saber sobre juros
eu quero as juras, lauro, apenas as juras de amor!
ainda que um dia elas possam se quebrar...
se até a bolsa quebra, por que seriam as juras
inquebrantáveis?

não, lauro, da bolsa de valores nada sei, porém
carrego uns versos
dentro da minha bolsa de couro sintético, pode ser?

estive em wall street, é verdade, mas saí sem entender
quase nada daquela parte da cidade
no entanto, lauro, eu sei tudo sobre os hábitos
dos esquilos que habitam o central park

confesso: não compreendo os índices financeiros
mas manuseio o índice de um livro como ninguém
(contos são tão melhores do que contas)

lauro, nada que custe os olhos da cara
se compara ao olhar de quem a gente gosta
que é de graça
e essa é a graça da coisa
e hoje em dia tem tanta coisa valendo mais do que gente

se estivesse vivo, acho que marx reescreveria o capital
não me leve a mal, lauro, não sou hipócrita
a gente precisa de dinheiro, eu bem sei
e a vida não tá fácil pra ninguém

porém, pra ser bem sincera
essa coisa de consumir
já não me consome mais
e ultimamente não há dinheiro no mundo que pague
o preço da minha paz

lauro, tá bem frio aqui do outro lado do fio
é sábado de manhã e eu não durmo há semanas
então, me dá licença que agora vou desligar
e voltar pra minha cama

se eu ainda soubesse seu cep de cor

se eu ainda soubesse o seu cep de cor
lhe devolveria as suas meias
embrulhadas
em suas meias verdades
pra você se proteger do frio
que me disseram que agora lhe assola

se eu ainda soubesse o seu cep de cor
faria um esforço e as enviaria de volta
[talvez até ficassem bonitas
se impecavelmente envelopadas
em um amontoado de palavras mortas]

mas eu não posso mentir pra você
e a verdade é que há muito
eu joguei tudo fora
há muito eu joguei você fora
e do pouco que restou
ainda faltou eu lhe dizer o pior:

a verdade é que eu nunca soube
o seu cep de cor

triângulo amoroso pronominal

eu

tu

e a terceira pessoa

parei de inflar teu ego
com meus precisos
versos

não, eles não expressam
o que já não é mais
mútuo

abra as mãos e receba
esse derradeiro poema
como um balão

murcho

corte

a faca em punho
a alma em riste
e uma só jura:

nunca mais
voltaria a ser
aquela tola

de hoje em diante
choraria apenas
pelas cebolas

amor

as malas na porta

eu
indo
embora

de mim

perpetuo
minha espécie
em cada poro
de tua pele

depois
evaporo

leve

frete

desde que
me habitei
me habituei
a ser minha

agora que
sou tua

fiquei
sozinha

afluente

não falarei sobre o que sinto quando tua boca fala o que sente em meu ouvido e tua língua fala a língua da pele do meu umbigo e tuas mãos descortinam o meu vestido e meu corpo se abre porta janela postigo não falarei do perigo do temor do tremor que sinto não falarei sobre nada disso apenas me farei rio e fluirei e fugirei contigo

senda

quem tiver olhos de ver, veja
(que a cegueira é apenas
o véu em véspera de queda)
mas, ainda que não os tenha
e que não me vejas senão
através do sentido
(meio carne meio etérea)
quero que em braile me leias
no áspero delicado alto relevo
do meu corpo que verte em segredo
ora córrego ora cordilheira
vês? a geografia de minhas linhas
cabe inteira no menor dos
poemas

o que te causou
esse súbito vinco
entre os olhos?

a taça de vinho
vestindo de tinto
a minha nudez?

o que te causou
essa eloquente
mudez?

plano de voo

teu corpo:
meu
melhor
aeroporto

dos naufrágios do amor

97% do teu corpo é água

eu, que não sei nada
me jogo

eu, que não sei nadar

coração delator
sempre me acusa
bate feito tambor
pula fora da blusa

essa luz
que teu ser exala

essa aura
cor de caos-vermelho-terra
cor de paz-amarelo-clara

pinta o sol
no centro da sala

a sala
no centro do mundo

o mundo
em tua fala

film noir

era um daqueles homens
do final da década de trinta
meio astaire meio al capone
passos largos pela noite
impecável
em cada risca-de-giz

seu único pecado era trazer
junto ao peito
feito cicatriz
na lapela da pele perfumada
o coração despido
e mais nada

ao muso desavisado

sorria:
você está sendo
poetizado

olho por olho

depois da guerra
há sempre
o risco iminente
de uma retaliação:

vingativa,
eu invado
o teu lado
do colchão

fina lâmina
reflete mundo
contudo
cara a cara
comigo
o espelho
é mudo

súbito
um estrondo
foi ouvido

havia
finalmente
caído

em si

amar
a inconstância
da vida

arremessar ao mar
essa velha ânsia
de âncora

e, na feia
tempestade
da impermanência,

enxergar
a autêntica beleza
do efêmero

ter olhos
para o traçado
de luz

e ouvidos
para a reza
do raio:

milagre estampado
no céu
de setembro

há uma árvore dentro de mim

hoje acordei e vi:
há uma árvore
dentro de mim

que sonha
com o sol súbito
das manhãs

e as cores
caleidoscópicas
dos jardins

e nos dias
em que a chuva
cai assim

ela deságua em
verdes quereres
de ser semente

podar seus ramos
correr lonjuras
se fazer oceano

e diz que precisa voltar
a ouvir deus
na voz do vento

e a reavivar a fé
nas verdades
de dentro

há uma árvore
dentro de mim
que sonha com asas

enquanto dorme em silêncio
enraizada
no cimento da calçada

lágrima por lágrima
lavou as máculas

(o milagre da água
a adoçar o gosto
de suor e sal)

com o cimento das mãos
e do tempo tecido
sob o lume do sol
entre o lençol e o vestido

o coração
a quarar no varal

sumiço:
paz
talvez
seja
isso

a vida
ávida

a vida
leve

a vida
ave

a vida
breve

sobre ser pedra

para o paralelepípedo
não existe
livre-arbítrio

não seria essa água
sepultada
na poça turva
o meu próprio pranto
reprimido
convertido em chuva?

inscrição para uma mesa de bar

nunca diga
desta mágoa
não beberei

coração:
pedaço de carne
cercado de você
por todos os lados

é amor
por incrível que
pareça

é amor
por incrível que
pereça

dance me to the end of love

o tempo passa
feito passe
de mágica

você e eu
agarradinhos
na mesma cama
geriátrica

adeus
ao passado
de aventuras

amor
agora é
descansar
a dentadura
na cômoda
ao lado da tua

se a queda
é iminente

que seja como
a de uma estrela

cadente

nem pasárgada nem paris
com tanta conexão
vou-me embora pra matrix

belo dia
a velha fotografia
do porta-retrato
fugiu porta afora

cansou de mostrar os dentes
de amigos amores parentes

agora quer ser levada a sério

vai tentar a vida
no anonimato

sonha ser
sisuda 3x4

eletrocardiodrama

— doutor,
por que essa dor?
por que tantos ais?

— na verdade,
teu coração
não bate:

pratica
saltos
ornamentais

não tire
teus dedos
de mim

baby,
o amor
é touchscreen

traição

desde o dia vinte
tenho dormido
todas as noites
com o teu leminski

transporte público

te levo
diariamente
dentro do peito

sacanagem:
você
nem paga
passagem

as estrelas
não estão
à sua mercê

as estrelas
são de quem
merecê-las

coçar o queixo
franzir o olho
queria ser
um velho sábio
pra pôr as barbas
de molho

em dias de vento
as árvores nos veem
e, de súbito, acenam
assanhadas
pelas janelas do trem

nuvens no horizonte
o sol brincando
de esconde-esconde

há quem
se controle

eu cedo à sede

e sorvo a noite
num só gole

domingo

uma certeza a percorreu
veloz
como as mãos vãs
a amarrotar o tecido:

havia ainda
vida
debaixo do seu vestido

através de meus lábios
a lábia de sherazade
me atravessa
na loucura
de mil e uma
noites mal dormidas

acordo um harém
de áridas narrativas
que dia após dia
me salvam a pele

quero a escrita lasciva
ser seiva pra saliva
almejo a palavra viva
dita em voz alta
no lampejo da língua

que cada vírgula
ilumine o gosto
acre que antecede
o doce milagre
da criação do sentido

acima de tudo
quero escrever
o indizível

sentir os pormenores
dos pronomes

o discurso lúcido
na vertigem
do verbo louco

desejo
o nômade delírio
entre o nada e o tudo

te fazer refém
de um verso
que te deixe
mudo

previsão do tempo

à noite:

nu
vens

a vida, essa eterna discrepância
entre o tropeço e o passo
de dança

o bom combate

há tardes
em que o amor
arde

(merthiolate
nos joelhos
da década de oitenta)

mesmo assim
você, delicadamente,
sopra o corte

e mais uma vez
tenta

trago a pessoa
armada
em três dias

da experiência

devagar
com o andor

em matéria
de amor

todo mundo
é amador

isto não é um poema de amor

conviver com você
me fez perceber
o quão tênue pode ser
aquela linha
que oscila
entre o namastê
e o vai se foder

no meu fundo
de poço

a água vem
até o pescoço

pra garantir
que eu volte
sempre

de alma lavada

não faço guerra
faço amor

mas, se preciso for,
encaro o front
de frente
armada
até os dentes

com uma flor

belo
e bélico:
o mundo
tem esquinas
mas é
esférico

as mulheres da televisão

as mulheres da televisão
estão sempre em prontidão

acordam maquiadas
sorrindo à exaustão
com seus finos batons
de longa duração

fazem peeling
e micropigmentação
mas não arqueiam
as sobrancelhas
em vão

para não enrugar a testa
para não estragar a festa
da eterna sedução

as mulheres da televisão
não têm pelos
nem medos
nem poros aparentes

para elas
a menstruação
é um líquido azul

que se adapta
perfeitamente
à superfície daquela
famosa marca
de absorventes

as mulheres da televisão
sempre acertam
a marca do sabão
e removem até
as manchas mais difíceis
sem estragar as unhas

como boas damas
domam a raiva
as dores de cotovelo
o frizz dos cabelos
as pontas duplas

e mesmo com a dupla
jornada de trabalho
não se atrapalham
conciliam
perfeitamente
carreira marido
maternidade

e em qualquer idade
sabem que é delas
o dever de limpar

a casa
o apartamento

de salvar o casamento
comprando aquela
lingerie provocante
(as mulheres da televisão
encontram essas
e outras dicas
igualmente edificantes
na própria televisão
e nas revistas femininas)

elas sabem que a sina
de uma vida
de abnegação
e sacrifícios
são apenas
os ossos
do ofício
de ser mulher

as mulheres da televisão
são puro tesão
sexys, porém nunca
vulgares
elas gostam
de qualquer posição
e gozam
sem preliminares

e logo após
a gestação
já estão com o corpo
novamente
pronto
para o verão

as mulheres da televisão
estão em todos os lugares

mas caso você
ainda não tenha a sua
aproveite esta
superpromoção:

adquira-a
agora mesmo
em apenas
dez vezes
sem juros
no cartão

free as a bird

e sempre que o céu
se tornar escasso

um escarcéu
eu
faço

palavra é ponte
poesia
é a travessia

oito de março

uma vez por ano
um homem
apanha flores

a cada cinco minutos
uma mulher
apanha

travesti ao espelho

não enxergas nada
por detrás
dos insistentes
últimos fios
de barba?

apenas as tintas
que cobrem a cara
e escondem
o ponto exato
onde dói
o tapa?

neste corpo
o que importa
é a aorta

o sonho no espelho
que o olhar
alicerça

vês a luz
que perpassa
por entre as pernas?

este corpo
é uma porta

aberta

direito de resposta

a vida
é assim mesmo
de fato

esta festa
mesclada
a este insuportável
asco

questionada,
ela responde
seca
no ato:

– meu bem,
você não leu
as letras miúdas
do contrato?

bem-me-quer

e quando a morte
me desfolhar
num sopro de outono
e súbito cessar o peito

virarei pó

e voltarei
pólen
no vento

antes que se apaguem as estrelas

antes que a vida me leve
que ela não seja breve
ao escrever suas histórias
em minha pele

antes que a vida me leve
que ela se faça leve
e teça beleza
a cada dia que amanhece

antes que a vida me leve
que ela me transforme
em letra

e me leia
antes que
se apaguem as estrelas

www.laranjaoriginal.com.br

editores
Clara Baccarin
Filipe Moreau
projeto gráfico
Alexandre Carvalho
Alexandre Flores Torrano
ilustração
Alexandre Carvalho
produção executiva
Gabriel Mayor
foto da autora
Marco Prass

Dados Internacionais de Catalogação na Publicação (CIP)
(Câmara Brasileira do Livro, SP, Brasil)

Zanettini, Germana
Eletrocardiodrama / Germana Zanettini.
– 2ª edição – São Paulo: Laranja Original, 2018.

ISBN 978-85-92875-32-9
1. Poesia brasileira I. Título
18-18164 CDD-869.1

Índices para catálogo sistemático:
1. Poesia : Literatura brasileira 869.1
Cibele Maria Dias – Bibliotecária – CRB-8/9427

www.germanazanettini.com
contato@germanazanettini.com

fonte: Arnhem | papel: Pólen Bold 90 g/m2 | impressão: Forma Certa